LES QUATRE SAISONS, OU LES GÉORGIQUES FRANÇOISES.

POËME

PAR M. LE C. DE B.

A LONDRES.

M. DCC. LXIV.

LES QUATRE SAISONS, POËME.

LE PRINTEMS.

CHANT PREMIER.

J'AI chanté les Heures du Jour,
Je chante aujourd'hui le retour
Et le partage de l'année :
Flore, que ta main fortunée
Préſente l'ouvrage à l'Amour.

Dans les antres de la Scytie,
Vertumne, vainqueur des Hivers,

Vient de remettre dans les fers
Les fougueux enfans d'Orithie.
En vain leurs affreux sifflemens
Nous déclarent encor la guerre,
En vain, dans leurs soulevemens,
Ils ébranlent les fondemens
De la prison qui les resserre;
Le Printems a sauvé la Terre
De leurs cruels emportemens.

Le Fils d'Eole & de l'Aurore,
Zéphir enfin est de retour,
Ses transports ont réveillé Flore,
Et les Fleurs qui n'osoient éclore
S'ouvrent aux feux de leur amour;
La Nuit céde au Jour son empire;
L'Hiver s'enfuit au fond du Nord,
Et la Nature qui respire,
Sort des ténébres de la mort:
Immobile au centre du monde,
Le Soleil que nous revoyons,
Orne sa tête des rayons
Qui rendent la Terre féconde.
Déja des lacs les plus profonds,
Ses feux ont fondu la surface:
On voit tomber du haut des monts

Des monceaux de neige & de glace
Qui fertilisent les vallons;
Les rochers découvrent leur cime,
Dodone léve un front sublime
Que respectent les aquilons;
Et de l'Hiver tendre victime
Cérès du sein de nos sillons
Sourit au Dieu qui la ranime.

Dans sa cabane confiné,
Le Berger au pied des montagnes
Célébre le mois fortuné
Qui vient embellir les campagnes:
Tout renaît, tout brille à ses yeux,
Les arbres se courbent en voute,
L'onde plus pure dans sa route
Réfléchit l'image des Cieux.
Content, il se léve, il s'écrie,
Et tandis que la Bergerie
Se réveille & s'ouvre à sa voix,
Le troupeau marchant sous ses loix
Bondit déja dans la prairie.

Arbres dépouillés si long-tems;
Couronnez vos têtes naissantes,
Et de vos fleurs éblouissantes

Parez le trône du Printems.
Elevez vos pampres ſuperbes
Sur le faîte de ces ormeaux :
Vignes étendez vos rameaux,
Jaſmins ſortez du ſein des herbes,
Montez, ombragez ces berceaux ;
Et vous aimables arbriſſeaux,
Lilas croiſez, tombez en gerbes,
Ornez ces portiques nouveaux.
Que l'air ſe parfume & s'épure ;
Que l'onde jailliſſe & murmure :
Que rien ne trouble un ſi beau jour ;
Que les bois, les fleurs, la verdure
Faſſent de toute la nature
Un temple digne de l'Amour.
Sur un nuage de roſée
Vénus deſcend du haut des Cieux,
Et la terre fertiliſée
S'enivre du nectar des Dieux.
Au retour de cette immortelle,
Tout germe, s'enflamme & s'unit,
De l'univers qui rajeunit,
L'hymen heureux ſe renouvelle.
L'air s'embraſe de nouveaux feux ;
Les bois confondent leurs feuillages ;

Les Mers embraſſent leurs rivages,
Et le Soleil plus lumineux
Se joue à travers les nuages.
O Vénus! qui peut réſiſter
A la douceur de ton empire?
O Vénus! qui peut éviter
Le piége où ta voix nous attire?
Au ſein des rochers les plus durs
Ta chaleur active & puiſſante,
Force la terre languiſſante
D'enfanter des métaux plus purs.
L'Amour, par des routes certaines,
Pénétre dans tous les reſſorts,
Circule dans toutes les veines,
Donne la vie à tous les corps;
Il fend les airs, nage dans l'onde,
Et la terre qu'il rend féconde
Dans ſes bras aime à reſpirer;
Ce Dieu charmant enſeigne au monde
Le ſecret de ſe réparer.

Sortez, indolens Sybarites,
Du cercle étroit de vos plaiſirs;
Oſez étendre les limites
Où ſe renferment vos deſirs;
Abandonnez les faux ſpectacles

Qu'admirent la Ville & la Cour,
Pour jouir en paix des miracles
De la Nature & de l'Amour.
Venez ſous nos berceaux ruſtiques
Délaſſer vos cœurs languiſſans,
Des voluptés périodiques
Dont le retour glace vos ſens.
Renaiſſez avec la nature,
Et dans ſes dons multipliés
Goûtez, ſans trouble & ſans meſure,
Des plaiſirs purs & variés.

L'oiſeau qu'une ſuperbe cage
Captivoit ſous un toît doré,
A ſupporté ſon eſclavage
Tant que les frimats ont duré;
Mais après leur régne funeſte,
Le Bélier, propice aux Amours,
Vient d'ouvrir l'empire céleſte
A la Déeſſe des beaux jours.
L'oiſeau captif qui voit renaître
Les fleurs du jardin de ſon maître,
Qui, ſous des myrtes amoureux,
Entend la muſique champêtre
Des autres oiſeaux plus heureux:
Reſſerré dans un palais vaſte,

Brûle de traverſer les airs,
Et regrette, au milieu du faſte,
L'ombre des bois & les déſerts.
Ces beaux vaſes de porcelaine
Sont-ils remplis de la même eau,
Dont il boiroit dans ce ruiſſeau
Qui fait fleurir toute la plaine?
L'aiguillon de la liberté,
L'aſpect riant de la campagne,
L'Amour enfin qui l'a flatté
De lui donner une compagne:
Tout l'irrite contre ſes fers,
Tout le détrompe & le détache
Des faux biens qui lui ſont offerts:
Sa priſon s'ouvre, il s'en arrache,
L'Amour le rend à l'Univers.

Le lac, le vernis, la dorure,
Ont aſſez ébloui mes yeux,
J'aime mieux la ſimple parure
De ce côteau délicieux.
Mon Louvre eſt ſous ces belles tonnes,
Un bois eſt le temple où j'écris;
Des arbres en ſont les colonnes,
Et des feuillages les lambris.
Les Arts, ces eſclaves ſerviles

De nos desirs efféminés,
Transportent le luxe des Villes
Au milieu des champs étonnés.
Nos yeux, qu'un vain charme fascine,
Sont plus surpris que satisfaits;
On quitte les jardins d'Alcine
Pour ceux que la Nature a faits.
Pourquoi, dans nos maisons champêtres,
Emprisonner ces clairs ruisseaux,
Et forcer l'orgueil de ces hêtres
A subir le joug des berceaux?
Qu'on vante ailleurs l'architecture
De ces treillages éclatans :
Pourquoi contraindre la Nature?
Laissons respirer le Printems.
Quelle étonnante barbarie
D'asservir la variété
Au cordeau de la symmétrie!
De polir la rusticité
D'un bois fait pour la rêverie,
Et d'orner la simplicité
De cette riante prairie?
Le plaisir, qui change & varie,
Adore la diversité.

O toi! Commentateur suprême,

Qui définis la volupté,
Qui fais du plaisir un systême,
Et de l'Amour un froid traité:
Calculateur infatigable,
Dont la méthode insupportable
Desséche en nous le sentiment,
Laisse reposer un moment
Ton syllogisme inattaquable,
Et ton invincible argument;
Un instant de folie aimable
Vaut mieux qu'un bon raisonnement.

Vénus & Flore nous rappellent,
Gardons la raison pour l'Hiver;
Respirons le baume de l'air,
Et que nos sens se renouvellent.

Voyons ces taureaux mugissans
Poursuivre Io dans les prairies;
Voyons ces troupeaux bondissans
Donner, par leurs jeux innocens,
Aux Bergeres des rêveries,
Aux Bergers des desirs pressans.

Ocyroë, dans les campagnes,
Enflamme, par ses fiers regards,
Le Coursier, amant des hazards;

Elle l'enléve à ses compagnes,
Et s'élançant, les crins épars,
Tous deux, au sommet des montagnes,
Offrent leur hymen au Dieu Mars.
Plus loin, dans ces forêts sauvages,
Les lions rugissent d'amour,
Tandis que les ramiers volages
Viennent soupirer alentour;
Le fier Dragon & le reptile,
L'insatiable Crocodile,
L'oiseau que révére Memphis,
Le Dromadaire des Sophis,
Les monstres craintifs ou féroces
Qui peuplent le sein de Thétis,
Tous forment des nœuds assortis,
Et l'Amour préside à leurs noces.
Régnez sur les flots applanis,
Alcions, déployez vos aîles,
Les vents respecteront vos nids,
Et les flots vous seront fidéles.

Vous qui, dans l'humide séjour,
Cachez vos brillans coquillages,
Vénus vous appelle en ce jour;
Formez de nouveaux mariages,
Et que les perles soient les gages

Que l'Hymen présente à l'Amour.
Déja sous l'épine fleurie,
Philomele exerce sa voix ;
Progné voltige autour des toîts ;
L'oiseau de Vénus se marie,
Et la tourterelle attendrie,
Gémit d'amour au fond des bois.
Le castor, amant des rivages,
Trace le plan de sa maison ;
Les abeilles encor plus sages,
Dans le creux des rochers sauvages,
Elévent l'utile cloison
Qui sépare leurs héritages.
Le vermisseau, sous le gazon,
Lui-même devient architecte,
Et les ouvrages de l'insecte
Etonnent la fiere raison.
Le monde à nos yeux va renaître,
Et tous les Etres dans ce jour,
En rendant hommage à l'Amour,
Soulagent l'ennui de leur être.

Peuplez les divers élémens,
Insectes, à qui la Nature
Accorda si peu de momens :
Vengez-vous d'une loi si dure,

Naiſſez, vivez, mourez amans.
Qu'importe, au bout de la carriere,
Qu'un ſeul inſtant délicieux
Ait rempli votre vie entiere,
Si le plaiſir qui fait les Dieux,
Vous anima dans la pouſſiere?

Hermaphrodites fortunés,
Pour vous, l'Amour ſans jalouſie,
Suit les loix que vous lui donnez;
Aimez à votre fantaiſie,
Quittez cent fois & reprenez
Les deux rôles de Thiréſie.

Image d'un jeune arbriſſeau,
Inconcevable vermiſſeau,
Soyez à jamais un problême;
Tout entier dans chaque rameau,
Renaiſſez ſemblable & nouveau;
Et par une faveur ſuprême,
Trompez la mort ſous le ciſeau
Qui vous ſépare de vous-même.

O! que l'homme ſi dédaigneux,
Lui qui foule d'un pied ſuperbe
Les inſectes cachés ſous l'herbe,
Perdroit de ſon faſte orgueilleux,

S'il ſavoit, quand il les écraſe,
Que moins gênés dans leurs deſirs,
Leurs cœurs, qu'un même amour embraſe,
Sont toujours neufs pour les plaiſirs.

Telles ſont les vives images
Que le Printems offre à nos yeux;
Les ſaiſons reſſemblent aux âges
Dans leurs rapports myſtérieux:
La main inviſible des Dieux
Cache des conſeils pour les Sages.
Le Printems couronné de fleurs,
Pare l'Amour qui le careſſe;
L'Été mûrit par ſes chaleurs
Les dons brillans de la jeuneſſe;
L'Automne, un panier à la main,
Cueille les fruits qu'elle colore;
L'Hiver à l'inſtant les dévore;
Mais il conſerve dans ſon ſein
L'eſpoir de Cérès & de Flore.
Ainſi l'on peut toujours ſaiſir
Les momens heureux qui s'envolent;
Fuyons les dangers du loiſir,
Le travail ajoute au plaiſir,
Et l'un & l'autre nous conſolent.
Aujourd'hui les fleurs des buiſſons

Parfument le ſein des Bergeres ;
Avec des fleurs & des chanſons
Achetons leurs faveurs légeres.
L'Été s'approche, jouiſſons ;
Ces nuages chargés de neige,
Qu'au midi d'un jour radieux
Les aquilons ſéditieux
Souffloient du fond de la Norwege,
N'aſſiegent plus l'Aſtre des Cieux.
Le Soleil pénétre la terre,
Et pompe juſques dans ſes flancs
Les eſprits, les germes brillans,
Dont va ſe former le tonnerre.
Déja l'Étoile de Vénus
Annonce les belles ſoirées ;
Déja les Faunes revenus
Cherchent les Nymphes égarées.
Zéphire, d'un ſouffle épuré,
Ride la ſurface de l'onde ;
La Nuit, de ſon trône azuré,
Répand ſes pavots ſur le monde,
Et ſon char, d'Amours entouré,
Roule dans une paix profonde.

Dans les nuits brillantes de Mai,
Le Silphe amoureux des mortelles,

Vient

Vient chercher, parmi les plus belles,
Un cœur qui n'ait jamais aimé.
Aidé de ſes aîles légeres,
Il deſcend, inviſible aux yeux,
Sur ces étoiles paſſageres
Qu'on voit tomber du haut des Cieux.
Roi des Peuples élémentaires,
Il vole avec timidité
Dans ces châteaux héréditaires,
Où l'ignorance & la fierté
Captivent, ſous des loix auſteres,
Et la jeuneſſe & la beauté.
Le ſcrupule & l'inquiétude,
Enfans craintifs des paſſions,
La peur & ſes illuſions,
Veillent dans cette ſolitude;
L'amoureux habitant des airs,
Indigné contre la clôture,
Voltige & perce la ſerrure,
Sans bruit les rideaux ſont ouverts:
Un Enfant aimable & pervers
Enléve aux Graces leur ceinture,
Pudeur, Jeuneſſe, Amour, Nature,
Tous vos ſecrets ſont découverts.
Déja d'une Beauté naiſſante

Le Silphe interroge le cœur,
Sa main timide & careſſante
Cherche les traces d'un vainqueur :
L'épreuve eſt douce & dangereuſe,
Si la Belle a connu l'Amour,
Il l'abandonne ſans retour
Au hazard d'être malheureuſe ;
Mais ſi le cœur qu'il a ſondé,
A toujours ſagement gardé
Le foible ſceau de l'innocence,
Alors le Génie amoureux
Exerce toute ſa puiſſance
Sur un cœur digne de ſes feux.
De la Beauté qu'il a jugée,
Il devient l'inviſible époux ;
Dans les bras du ſommeil plongée,
Elle va, ſans être outragée,
Jouir des plaiſirs les plus doux.
Un eſſain fortuné de ſonges
Sert les vœux du Silphe enchanté ;
Les charmes de la vérité
Percent à travers leurs menſonges.

Bientôt ſur un trône argenté,
Le Prince aimable des Génies

Tranſporte la jeune Beauté
Dans les régions infinies
De ſon empire illimité.
Emue, inquiéte & charmée,
Elle jouit rapidement
Du plaiſir d'avoir un Amant,
Et du bonheur d'en être aimée.
L'Amour, par un charme flatteur,
Soutient dans les airs ſon courage,
Elle oſe admirer la hauteur
Des vaſtes Cieux qu'elle enviſage;
Les graces de ſon conducteur
Cachent le danger du voyage.
Son œil, avec ſécurité,
Du Zodiaque redouté,
Contemple les ſignes funeſtes,
Sa main, avec témérité,
Meſure les cercles céleſtes:
Ces grands objets la touchent peu,
L'air, au mépris des Zoroaſtres,
N'eſt pour elle qu'un voile bleu;
Rien ne la frappe dans les aſtres,
Sur la terre elle a vu du feu.
Déja ſon oreille murmure
Contre les céleſtes accords,

Une voix ſecrete l'aſſure
Qu'il faut chercher dans la Nature
Ses plaiſirs plus que ſes reſſorts.
Un gazon frais, une fontaine,
Un arbre qui cache le jour,
Tel eſt l'aſyle que l'Amour
Préfere à la céleſte plaine;
A peine a-t-elle deſiré,
Que le char brillant qui la mene,
S'arrête ſous l'ombre incertaine
D'un bois par un fleuve entouré.
A l'inſtant les buiſſons fleuriſſent,
La vigne embraſſe les ormeaux,
Les palmiers amoureux s'uniſſent,
L'air eſt peuplé de mille oiſeaux.
C'en eſt fait, la jeune Silphide
S'enivre du bonheur des Dieux;
Mais le ſoleil brille à ſes yeux;
Le ſonge fuit d'un vol rapide,
Et le Silphe remonte aux Cieux.

LES

QUATRE SAISONS,

POËME.

L'ÉTÉ.

CHANT SECOND.

SOLEIL, c'est aujourd'hui ta fête,
L'Été chargé de blonds épics
Etale ses riches habits,
Et fait rayonner sur sa tête
L'or, les saphirs & les rubis.
Leve-toi, répands la lumiere,
Brille, triomphe à tous les yeux,
Poursuis la nuit dans sa carriere,
Et chasse du trône des Cieux

Sa pâle & tremblante couriere.
Sur le ſommet inhabité
Des montagnes les plus ſauvages,
Déja les Diſciples des Mages
Chantent le retour de l'Été.
Abattu, triſte & ſolitaire,
Dans les jardins qu'il embellit,
Le Printems ſoupire & pâlit,
En voyant l'éclat de ſon frere.
Clytie, ouvrez vos feuilles d'or;
L'Amant dont vous pleurez l'abſence,
Vient ranimer par ſa préſence
Les feux dont vous brûlez encor.
Malheureux ſang de Montézume,
Filles du Soleil accourez,
C'eſt pour vous que ſon feu s'allume;
Sa vue adoucit l'amertume
Des larmes que vous dévorez.
Votre ame orgüeilleuſe reſpire
Devant le Roi du firmament:
Sa gloire, que la terre admire,
Vous conſole pour un moment
De la chûte de votre empire;
Il paroît; l'Olimpe rougit,
Le front des montagnes ſe dore,

Le Lion céleste rugit,
En voyant l'astre qu'il adore:
Il paroît; ses rayons épars
Couvrent la face des campagnes,
Le premier feu de ses regards,
Attire au plus haut des montagnes
La froide vapeur des brouillards.
A l'instant la terre embrasée
Par son éclat vif & charmant,
Donne le feu du diamant
A chaque goutte de rosée.
Fidelle Amante du Soleil,
De fleurs, de perles couronnée,
La Nature sort du sommeil
Comme une épouse fortunée,
Dont l'Amour hâte le réveil.
Vers l'astre bienfaisant du monde
Elle étend ses bras amoureux;
Il brille, & l'ardeur de ses feux
La rend plus belle & plus féconde.
Tandis qu'au sommet d'une tour,
Le paon fait reluire au grand jour
L'azur de ses plumes nouvelles,
L'oiseau de la mere d'Amour
Epure l'argent de ses aîles.

Tout brûle des feux de l'Été ;
Le froid ſerpent caché ſous l'herbe,
S'éveille & dreſſe avec fierté
La crête de ſon front ſuperbe ;
Son corps en replis ondoyans
Roule, circule, s'entrelaſſe ;
Ses yeux pleins d'ardeur & d'audace,
S'arment de regards foudroyans :
Bientôt levant ſa tête altiere
Vers l'aſtre qui l'a ranimé,
Il s'élance de la pouſſiere,
Et fait briller à la lumiere
Son aiguillon envénimé.
Foibles mortels que le jour bleſſe,
Eveillez-vous, ouvrez les yeux ;
Le Soleil embraſant les Cieux
S'indigne de votre molleſſe.

Que devient l'homme quand il dort ?
Emporté ſur l'aîle des ſonges
Il vole au pays des menſonges,
Il touche aux rives de la mort.
Enviſagez ce globe immenſe ;
Images des Dieux qui l'ont fait ;
La flamme nourrit ſa ſubſtance,
Ses feux répandent l'abondance,

Chaque rayon eſt un bienfait;
Au ſein des plus profonds abîmes
Il enfante ces purs métaux:
Triſtes auteurs de tous les maux,
Peres féconds de tous les crimes:
Mais qui ſagement répandus
Sur les beſoins de la Patrie,
Forment les liens étendus
Du commerce & de l'induſtrie,
Satisfont à tous les deſirs,
Et tels que des ſources fécondes
Vont ranimer dans les deux mondes
Les arts, la gloire & les plaiſirs.
O Soleil! ame univerſelle,
Toi dont les regards amoureux
Eclairent ces aſtres nombreux,
Dont l'azur des Cieux étincelle;
O toi! qui ſuſpends dans les airs
Ces torrens, ces mers vagabondes,
Qui par mille canaux divers
Portent la fraîcheur de leurs ondes
Dans les veines de l'Univers;
De l'Été, qui vient de renaître,
Mûris les fertiles moiſſons,
Et reçois les foibles chanſons

Que t'offre ma Muſe champêtre.
Déja de tes rayons puiſſans
Les campagnes ſont pénétrées
Eole, des bleds jauniſſans,
Agite les ondes dorées.

O Cérès ! preſſe ton retour :
Sur nos plaines le Dieu du jour
Répand les chaleurs & la vie.
Proſerpine a quitté la cour
Du ſombre Epoux qui l'a ravie :
Le même char qui l'entraîna
A travers la flâme & la cendre,
A tes yeux charmés va deſcendre
Du ſommet brillant de l'Etna.
Elle paroît ; ton cœur palpite,
Tes pas volent devant ſes pas :
Quand tu l'appelle dans tes bras,
L'Amour vers toi la précipite.
Un mutuel enchantement
Vous enyvre des mêmes charmes :
Trop court, mais trop heureux moment
Où le plaiſir verſe des larmes !
Pour un cœur noble & généreux,
Qu'il eſt doux, en quittant Cerbere,
De retrouver le monde heureux

Par les ſeuls bienfaits de ſa mere !
Belle Proſerpine, à tes yeux
Déja la moiſſon eſt tombée
Sous la faucille recourbée
Du moiſſonneur laborieux :
Ici les gerbes diſperſées
Couvrent la face des guérets ;
Plus loin leurs meules entaſſées
Elevent un trône à Cérès.
Sur l'arbre fécond de Pirame,
Le ver-à-ſoie ourdit ſa trame,
Qui pare les Dieux & les Rois :
Les fraiſes parfument les bois,
L'épine enfante la groſeille,
Mille fruits naiſſent à la fois ;
Et prête à remplir la corbeille,
La Nymphe héſite ſur le choix.
Par-tout l'abondance circule ;
L'homme n'eſt heureux que l'Été :
L'infatigable pauvreté
Bénit l'ardente canicule
Qui fait frémir la volupté.
Dans un ſalon pavé de marbre,
Reſpire-t'on un air plus frais
Qu'à l'ombre incertaine d'un arbre

Cher aux Déeſſes des forêts.
La Driade en robe légere,
Brave ſous un chapeau de fleurs
L'éguillon ardent des chaleurs;
Et Pallas, coeffée en Bergere,
Pour égayer les moiſſonneurs
Danſe à midi ſur la fougere.
Le travail, joint à la gayeté,
Souffre & ſurmonte toutes choſes:
La nonchalante oiſiveté
Se bleſſe ſur un lit de roſes.
Voyez l'intrépide chaſſeur,
Qui, ſur cette côte brûlante,
A l'aide d'un chien précurſeur
Arrête la perdrix tremblante.
De joie & d'eſpoir animé,
Il prend, il arme ſon tonnerre:
L'oiſeau part, un trait enflammé
Le fait retomber ſur la terre.
La chaſſe retient juſqu'au ſoir
Le jeune Adonis dans les plaines:
Le plaiſir, la gloire & l'eſpoir
Font ſupporter toutes les peines.
Mais, déja plus vif & plus clair,
Le ſoleil dévore & conſume

La roſée éparſe dans l'air :
Et le feu du Ciel qui s'allume,
Etincelle comme le fer
Que Vulcain frappe ſur l'enclume.
Doris s'enfuit ſous les roſeaux ;
Et dans leurs lits, plus reſſerrées,
Les Nymphes refuſent leurs eaux
A nos campagnes altérées.

Plaignons l'avide voyageur,
Qui dans les ſables de l'Afrique,
Egaré ſous un ciel vengeur,
S'expoſe aux fureurs du Tropique.
La terre rougit ſous ſes pieds ;
Des torrens de feu ſe répandent,
Et par le Soleil ſoudroyés
Les monts & les rochers ſe fendent.
Les arbres à demi couchés,
Sans fruits, ſans ſéve & ſans verdure,
Couvrent de leurs bras deſſéchés
Le ſein brûlant de la Nature.
Quel ſort ! quels horribles momens !
Il entend les rugiſſemens
Des Lions que la ſoif dévore ;
Immobile d'accablement,

Il cherche en vain du firmament
Le ſecours que la terre implore.
Aſſis ſur un ſable enflammé,
A la rigueur d'un Ciel barbare,
Il reproche à ſon cœur avare
Les maux dont il eſt conſumé.

Pour nous, que le Soleil propice
Regarde avec des yeux plus doux,
Laiſſons voyager l'avarice,
Sur le gazon repoſons-nous,
Tandis que l'ardente Écreviſſe
Embraſe le Ciel en courroux.
Ainſi qu'à la céleſte troupe,
Pendant le regne des chaleurs,
Hébé nous verſe à pleine coupe
Le jus des fruits, l'eſprit des fleurs.
La neige avec art préparée,
Eguiſe nos ſens émouſſés;
On diroit que ces fruits glacés
Sortent des jardins de Borée.
Vénus ſe permet en Été
Une modeſte nudité.
Dans une alcove parfumée,
Impénétrable au Dieu du jour,

La pudeur, ſans être allarmée,
Dort ſur les genoux de l'Amour.
Un doux loiſir eſt néceſſaire ;
L'eſprit des ſoins débarraſſé,
On paſſe le jour ſans rien faire ;
Un tél jour eſt bientôt paſſé.
Du midi l'ardeur violente
N'eſt pas un ſupplice pour nous :
Si la chaleur eſt accablante,
Tous les remedes en ſont doux.
Mais j'entends le bruit du tonnerre
Retentir ſur les monts voiſins :
Junon vient déclarer la guerre
Au Dieu protecteur des raiſins.
Les portes du Ciel s'obſcurciſſent,
L'air ſiffle, les antres mugiſſent ;
Mais bientôt les vents ſont calmés,
Et les tempêtes diſſipées
Sur les montagnes eſcarpées
Lancent leurs carreaux enflammés.
Iris, ſur un trône de nues,
Fait briller ſon arc lumineux ;
Déja les Nymphes revenues
Brûlent de commencer leurs jeux.
Déja preſſé par ſa rivale,

Le Roi des astres moins ardent,
Se précipite à l'Occident
Sur un char de nacre & d'or pâle.
L'extrêmité de ses rayons
Eclaire au loin la mer profonde;
Et tandis que nous le croyons
Plongé dans les gouffres de l'onde;
Armé de feux étincelans,
Il ouvre à ses coursiers brûlans
Les barrieres de l'autre monde.
O qu'il est doux de respirer
Cet air frais, ces pures haleines
D'un vent, qui du fond des fontai
S'échappe & n'ose murmurer!
Vole sur l'aîle du Mystere,
Amour, il est tems de régner;
Vénus se promene à Cythere,
Et les Graces vont se baigner.

Au fond d'un bosquet d'Idalie,
Dont nul mortel n'ose approcher,
La fontaine d'Acidalie
Se filtre à travers un rocher;
Et suivant une pente douce,
Qui la conduit en l'égarant,
Elle remplit, en murmurant,

Un

Un baſſin revêtu de mouſſe.
Les arbres courbés alentour
La dérobent à l'œil du jour ;
Un buiſſon fleuri l'environne ,
La tubéreuſe & l'anémone
Entourent ſes bords ſéduiſans ;
Et l'oranger qui la couronne
Eſt parſemé de vers luiſans.
Que Plutus, d'une main fantaſque ,
Orne les bains de Danaé ,
Thalie , Euphroſine , Aglaé
N'aiment que les beautés ſans maſque ,
Le luxe expire ſous leurs pas.
Sœurs aimables de la nature ,
Elles ſe baignent dans ſes bras ;
L'onde en careſſant leurs appas ,
Devient plus brillante & plus pure.
Plongé dans ce riant baſſin ,
L'Amour pourſuit les immortelles ,
Et frappant l'onde de ſes aîles ,
Il la fait jaillir ſur leur ſein.
Une douce & molle roſée
Remplit le calice des fleurs ;
La nuit , du tréſor de ſes pleurs ,
Rafraîchit la Terre embraſée.

On voit ſur la plaine des mers
Danſer les Nymphes vagabondes,
Le parfum de leurs treſſes blondes
Se mêle à la fraîcheur des airs;
Mais bientôt le feu des éclairs
Reſplendit au loin ſur les ondes :
L'Olympe, ſans être irrité,
Offre l'appareil d'un orage;
Et par cette effrayante image,
Il augmente ſa majeſté.
Brûlante des feux de l'Été,
Brûlante des feux du bel âge,
La jeuneſſe, loin du rivage,
S'élance & pourſuit la beauté.
Enflammez, charmantes Baigneuſes,
La Cour du frere de Pluton;
Tombez, Naïades dédaigneuſes,
Dans les bras nerveux du Triton.
O nuit, que vous voyez de charmes!
Fleuves, que vous êtes heureux!
L'Amour, dans vos flots amoureux,
Trempe la pointe de ſes armes.
En vain, dans les bois d'alentour,
Les amans cherchent les fontaines;
Le feu qui conſume leurs veines

S'accroît dans l'humide séjour :
Le bain ne guérit point leurs peines,
L'Amour seul peut calmer l'amour.

Jadis, près des bords du Bosphore,
Dans les jardins du vieux Sélim,
Un ruisseau murmuroit encore
Les amours du jeune Zulim.
Les bains du tyran de l'Asie
Touchoient au bord de ce ruisseau ;
En Été, la belle Aspasie
Venoit respirer dans son eau :
Souvent Zulim, au bord de l'onde,
Suivoit le Sultan révéré.
Que l'orgueil des rangs se confonde !
L'Esclave heureux fut préféré
Au Maître impérieux du monde.
Un pigeon s'abbatit un jour
Dans les bras du Page infidéle,
Zulim, plein d'une ardeur nouvelle,
Reconnut l'oiseau de l'Amour,
Au billet caché sous son aile ;
Il l'ouvre, il lit avec transport :

» JEUNE Ichoglant, bénis ton sort:
» Le ruisseau, dont l'onde incertaine

» Dans ces bois aime à s'enfermer,
» Par une route fouterraine,
» Au fein des mers court s'abîmer.
» Afpafie eft prête à te fuivre,
» Sois fon pilote & fon vainqueur;
» Si tu crains de ceffer de vivre,
» Tu n'es pas digne de fon cœur.

Zulim conçoit tout le myftere;
Un feul mot inftruit un amant.
Le doux meffager de Cythere
Devant lui vole lentement :
Rempli des plus douces allarmes,
L'Efclave au milieu des rofeaux,
Découvre, adore mille charmes
Que trahit le voile des eaux.
On l'appelle, fon cœur palpite,
Il s'élance, il fe précipite;
Mais en plongeant dans le canal,
Quel afpect le trouble & l'irrite!
Il voit fon maître & fon rival;
Comment fauver la Favorite
Du fer ou du cordon fatal?
Un baifer de feu le raffure.
Sultan, à tes yeux éperdus,
Le couple amoureux & parjure

A comblé l'audace & l'injure :
Tous deux, unis & confondus,
Fendent de leurs bras étendus,
Le ſein de l'onde qui murmure.
Errans de détours en détours,
Ils roulent ſous la voûte obſcure
Qui doit bientôt les rendre au jour :
L'effroi qu'inſpire la nature
Eſt ſurmonté par leur amour.
Portés ſur les bouillons de l'onde,
Ils entrent dans la mer profonde ;
Leurs regards implorent les cieux ;
Mais un eſquif s'offre à leurs yeux,
Au pied d'un rocher ſolitaire ;
Tous deux y volent, & les Dieux
Conduiſent la barque à Cythere.

LES
QUATRE SAISONS,
POËME.

L'AUTOMNE.

CHANT TROISIÉME.

QUELS parfums rempliſſent les airs !
Où porter mes regards avides !
Des tapis plus frais & plus verds
Renaiſſent dans nos champs arides :
La nature efface ſes rides,
Tous ſes tréſors nous ſont ouverts,

Et le jardin des Hespérides
Est l'image de l'Univers.
C'en est fait, la Vierge céleste,
En découvrant son front vermeil,
Adoucit d'un regard modeste
L'ardeur brûlante du Soleil.
Redoutable fils de Latone,
Tu cesses de blesser nos yeux;
Vertumne ramene Pomone,
Et mille fruits délicieux
Brillent sur le sein de l'Automne.

O Sœur aimable du Printems!
Tu viens acquitter tes promesses;
Si tes biens sont moins éclatans,
Tu n'as point de fausses richesses:
Loin de toi le fard de Vénus
Et le clinquant de l'imposture;
Ta main dépouille la nature
De ses ornemens superflus:
L'air négligé, dans la parure,
Te donne une beauté de plus.
Les fruits, plus nombreux que les feuilles,
Couronnent les arbres chéris,
Et tous les biens que tu recueilles,

Ont moins d'éclat & plus de prix.
Le régne fortuné d'Aſtrée
Se renouvelle dans ta cour ;
Tu peſes la nuit & le jour
Dans une balance dorée.
Entouré de rayons heureux,
Qui font la richeſſe du monde ;
Le Ciel de la Terre amoureux,
Le peint dans le miroir de l'onde.

La Paix, Reine de l'Univers,
Etouffe la voix des trompettes,
Un jour plus doux luit ſur nos têtes.
Nos travaux, mêlés de concerts,
Reſſemblent aux plus belles fêtes ;
La nature reprend ſes droits,
Les Dieux deſcendent des montagnes,
La gloire habite les campagnes,
Les Muſes rêvent dans les bois ;
Et laſſe d'accorder les Rois,
Thémis aſſiſe au pied d'un chêne
Juge les chanſons de Philene,
Et donne aux bergeres des loix.
Les fiers amans de la Fortune
Ont quitté la chaîne importune

De la faveur & du devoir ;
L'art, l'induſtrie & le ſçavoir
Sortent des Villes dépeuplées,
Et l'abondance vient revoir
Ses richeſſes accumulées.
Ton régne paiſible & charmant
Fait oublier celui de Flore,
Automne, la terre t'adore,
Et l'Univers eſt ton amant.
Belle encore au déclin de l'âge,
Toi ſeule, ô divine Saiſon !
Utile, douce, aimable & ſage,
As mérité le double hommage
Du plaiſir & de la raiſon.

O que les Muſes ſont dociles
Dans ces vergers délicieux !
Mes Vers inſpirés par les Dieux,
Naiſſent plus doux & plus faciles ;
L'art de la rime n'eſt qu'un jeu,
L'expreſſion ſuit la penſée,
Et mon ame au ciel élancée
Vole ſur des ailes de feu.
Dans cette aimable ſolitude,
L'eſprit captif ſort de priſon ;

Le plaiſir abrége l'étude,
Tous deux étendent la raiſon.
Erreur que l'orgueil déifie,
Préjugé, tyran des mortels,
Cédez à la Philoſophie
Qui vient de briſer vos autels.
Cieux inconnus au Téleſcope,
Et vous, atomes échappés
A l'œil perçant du Microſcope,
Vos myſteres développés
Brillent aux yeux de Calliope.
La vérité, fille du tems,
Déchire le voile des fables;
Je vois des mondes innombrables,
Et j'apperçois leurs habitans.
Malgré ces volcans homicides,
Le feu lui-même eſt habité;
L'air, dans ſes ondes ſi fluides,
Découvre à mon œil enchanté
Ses Tritons & ſes Néréides.
La lumiere, dont les couleurs
Forment la parure du monde,
Renferme la race féconde
D'un peuple couronné de fleurs.
La nature anime les marbres;

L'air, le feu, la terre & les eaux,
Les fruits qui font plier nos arbres,
Sont autant de mondes nouveaux.
Tout agit, rien n'eſt inutile,
Et la reine des animaux
Unit par différens anneaux
L'homme ſuperbe & le reptile.
Fiers amans de la liberté,
Les Êtres l'un de l'autre eſclaves,
Ignorent leur captivité,
Et méconnoiſſent leurs entraves.
Tout céde à la commune loi;
Terre orgueilleuſe & téméraire,
Apprends que l'Aſtre qui t'éclaire
Se doit au monde comme à toi.
Obéis, remplis ta carriere,
Adore la ſource premiere
Des beaux jours qui te ſont donnés;
Reçois & répands la lumiere
Sur d'autres globes fortunés.
Ainſi mon eſprit ſe dégage
Des erreurs du peuple & des grands;
Malgré la vanité des rangs,
Tous les Êtres ſont pour le ſage
Moins inégaux que différens.

Ainsi ma Muse s'abandonne
A son caprice renaissant ;
Et tandis qu'un Dieu caressant
D'un double myrte la couronne,
Le Soleil moins éblouissant
Abrége les jours de l'Automne.

Pomone, avant que de périr,
Semble redoubler ses caresses ;
Les arbres chargés de richesses
Se courbent pour nous les offrir.
Lasse de ramper sur nos treilles,
La vigne éleve ses rameaux,
Et suspend ses grappes vermeilles
Au front superbe des ormeaux :
Ses fruits si funestes aux Perses,
Et si délicieux pour nous,
Confondent leurs couleurs diverses,
Forment les accords les plus doux.
Toutes les ronces sont couvertes
De coings dorés & de pavis,
Mille grenades entr'ouvertes
Sément la terre de rubis ;
Orange douce & parfumée,
Limons & poncirs fastueux,
Et vous, cédras voluptueux,

Couronnez l'Automne charmée ;
Raisins brillans dont la fraîcheur
Etanche la soif qui nous presse ;
Pommes dont l'aimable rougeur
Ressemble au tein de la jeunesse,
Tombez & renaissez sans cesse
Sur le chemin du Voyageur.
L'Amour, que l'Automne rappelle,
Descend du ciel dans nos vergers,
Et vient offrir à la plus belle
Les pommes d'or des orangers.
Accourez, Naïades timides,
Le fruit, sur la terre tombé,
Brille, s'éleve en pyramides,
Et remplit le trésor d'Hébé.
Nymphes, enlevez vos corbeilles,
Allez offrir au Dieu des eaux
La pourpre qui couvre nos treilles,
L'ambre qui pare nos côteaux.
Un second Printems vient d'éclorre,
Le Ciel répand des rayons d'or,
L'amaranthe & le tricolor
Rappellent le régne de Flore,
Et la campagne brille encore
Des douces couleurs de l'aurore.

Vefper commence à rayonner,
Io mugit dans les villages,
Et les pafteurs vont ramener
Leurs troupeaux loin des pâturages;
Le Soleil tombe & s'affoiblit :
Montons fur ces rochers fauvages,
Allons revoir ces payfages
Que l'ombre du foir embellit.
Ici des champs où la culture
Etale fes heureux travaux,
Une fource brillante & pure
Qui, par la fraîcheur de fes eaux,
Rajeunit la fombre verdure
Des prés, des bois & des côteaux :
Là, des jardins & des berceaux
Où régnent l'art & l'impofture,
Des tours, des flèches, des créneaux,
Des donjons d'antique ftructure,
Sur le chemin de ces hameaux,
De longues chaînes de troupeaux,
Un pont détruit, une mafure;
Plus loin, des villes, des châteaux;
Couverts d'une vapeur obfcure;
Le jour qui fuit, l'air qui s'épure,
Le Ciel allumant fes flambeaux;

Tout l'horizon que l'œil meſure,
Offrent aux yeux de la peinture
Des contraſtes toujours nouveaux,
Et font aimer dans leurs tableaux
Le coloris & la nature.

Mais la nuit, au trône des cieux,
Diſſipant au loin les nuages,
Vient encore attacher nos yeux
Sur de plus frappantes images;
La Sœur aimable du Soleil
Se leve ſur l'onde appaiſée,
Et répand de ſon char vermeil
Le jour tendre de l'Eliſée:
Elle embellit les régions
Qu'abandonne l'Aſtre du monde;
Elle éclaire les Alcyons
Qui planent ſur la mer profonde;
La vague tremblante de l'onde
Briſe & diſſipe les rayons
De ſa lumiere vagabonde:
Favorable à la volupté,
Elle donne au plaiſir des armes;
L'éclat de ſon globe argenté
Semble voiler la nudité,
Lorſqu'il en montre tous les charmes;

Son

Son régne eſt celui de l'Amour.
Sur les mers d'écume blanchies,
Neptune marche avec ſa Cour,
Et de nos flottes enrichies
Eole preſſe le retour.
Conduits par la main des Sirenes,
On voit de loin nos pavillons
Tracer d'innombrables ſillons
Sur le ſein des humides plaines.
Tandis que l'Océan charmé,
Contemple ſon vaſte rivage,
Le Nord tout-à-coup enflammé
Devient le ſpectacle du Sage
Et l'effroi du Peuple allarmé.
Une lumiere étincelante
Embraſe le voile des airs;
Avant-couriere des Hivers,
Quelle autre Aurore plus brillante
S'éleve au milieu des éclairs!
Les Dieux ont-ils, dans leurs balances,
Peſé le ſort des Nations?
Emu par nos diviſions,
Le Ciel fait-il briller ſes lances?
Ses feux & ſes rayons épars,
Ses colonnes ſes pyramides,

N'offrent à des regards timides
Que les jeux ſanglans du Dieu Mars.
Voilà les nombreuſes armées,
Voilà les combats éclatans,
Qui de nos guerres rallumées
Furent les préſages conſtans.
La frayeur naiſſoit du preſtige ;
Mais nos yeux bien plus ſatisfaits,
Verront renaître le prodige
Sans en redouter les effets.
Brillez, Aurore Boréale,
De la Nuit éclairez la Cour ;
En vous voyant, le beau Céphale
Croit voir l'objet de ſon amour ;
Et l'hirondelle matinale
S'étonne d'annoncer le jour.
Palès rappelle dans la plaine
Et les bergers & les troupeaux,
Vulcain rallume ſes fourneaux,
Et la troupe du vieux Silene
S'éveille au pied de nos côteaux.
Au bruit des meutes de Diane,
Les Bacchantes ouvrent les yeux ;
Trompé par la clarté des Cieux,
Bacchus ſort des bras d'Ariane :

Ce Dieu, de pampres couronné,
Ouvre la ſcene des vendanges,
Il brille, il marche environné
D'Amours, qui chantent ſes louanges:
On voit danſer devant ſon char
Les Satyres & les Driades,
Un Faune enivré de nectar,
Remplit la coupe des Ménades;
Les Jeux, qui le ſuivent toujours,
Répandent des fleurs ſur ſes traces,
Ses Tigres, conduits par les Graces,
Sont careſſés par les Amours.
Momus, Terpſichore, Thalie,
Egypans, Centaure, Silvains,
Viennent annoncer aux humains
L'heureux retour de la ſolie.
Le Soleil voit, en ſe levant,
La marche du Vainqueur du Gange;
Et porté ſur l'aile du vent,
L'Amour annonce la vendange.
Pan, dans le creux de ce rocher,
Foule les préſens de l'Automne:
A ſes yeux, la jeune Erigone
Folâtre & n'oſe s'approcher.
Le nectar tombe par caſcade,

L'onde & le vin ſont confondus,
Et l'urne de chaque Naïade
Devient la tonne de Bacchus.
Les flots de la liqueur ſacrée
Couvrent la campagne altérée ;
Tout boit, tout s'enyvre, tout rit,
Et de la joie immodérée
Jamais la ſource ne tarit.
Le myrte, aux amours favorable,
A dérobé moins de plaiſirs,
Que cet arbuſte vénérable
N'a vu couronner de deſirs.
Sous les pampres de cette vigne,
Un amant n'eſt jamais trahi ;
Plus il jouit, plus il eſt digne
Du bonheur dont il a joui.
Bacchus rajeunit tous les âges,
Ses charmes ramenent toujours
La folie au temple des Sages,
La raiſon au ſein des Amours.

Acis, auſſi jeune que Flore,
Touchoit à cet âge charmant
Où l'ame éprouve le tourment
De deſirer ce qu'elle ignore :
Plus belle & moins jeune que lui,

Thémire, ſemblable à Pomone,
Commençoit à craindre l'ennui
Des derniers jours de ſon automne;
L'Amour ſeul a droit de charmer
L'ame qu'il a déja charmée;
Acis avoit beſoin d'aimer,
Thémire d'être encore aimée.
La beauté voit périr ſes traits,
Les roſes du tein ſe flétriſſent,
Mais le cœur ne vieillit jamais,
Et les deſirs le rajeuniſſent.
Thémire brûla pour Acis;
Aimer de nouveau c'eſt renaître:
Ce fut ſous ce berceau champêtre
Que ſon cœur, long-temps indécis,
Choiſit enfin ce jeune maître.
Etouffez les rayons du jour,
Pampres, dont le feuillage ſombre
S'éleve & retombe alentour:
La raiſon demande votre ombre
Pour s'abandonner à l'amour.
Lierre amoureux, toi qui conſpires
A rendre ce berceau charmant,
Viens cacher l'Amante aux Satyres,
Aux Nymphes dérobe l'Amant.

Malheureuſe d'être inhumaine,
Honteuſe de ne l'être pas,
Thémire repouſſe avec peine
Acis qu'elle appelle en ſes bras.
La beauté la plus intrépide
Craint de ſéduire la candeur,
L'embarras d'un amant timide
Arme la plus foible pudeur.
Thémire enivrée, éperdue,
Tour-à-tour ſe laiſſe emporter
Au plaiſir de s'être rendue,
A la gloire de réſiſter.
Eclairés d'un jour favorable,
Les yeux de ſon amant aimable,
Sur les foibles traces du tems,
N'ont vu que les fleurs du Printems.
Heureux âge de l'indulgence!
Où les dégoûts ſont inconnus,
Où tous les feux, d'intelligence,
Conſpirent pour la jouiſſance,
Où toute mortelle eſt Vénus.

Thémire n'a point de rivale,
Le feu, dont Acis eſt brûlé,
De leurs ans remplit l'intervale,
Et l'Amour, aux Cieux envolé,

Triomphe d'avoir aſſemblé
Les nœuds d'une chaîne inégale.

La fin du régne de Bacchus
Annonce cès combats aimables,
Où les Satyres ſont vaincus
Par les Nymphes infatigables.
Jours fortunés! mais peu durables :
Bientôt le brutal Affricus,
Ouvrant ſes ailes redoutables,
S'éveille aux cris épouvantables
De la Maîtreſſe de Glaucus.
Les hirondelles aſſemblées,
S'élançant du faîte des tours,
Au fond des grottes reculées
Vont s'endormir juſqu'aux beaux jours.
Entaſſés comme des nuages,
Mille oiſeaux traverſent la mer,
Le retour de l'affreux Hiver
S'annonce par leurs cris ſauvages;
Le fer tranchant va déchirer
Le ſein des plaines découvertes,
Et Vertumne, en pleurant nos pertes,
Nous apprend à les réparer.
Éole menace le monde,
Borée en ſa priſon rugit,

La mer qui s'enfle, écume, gronde,
Et ſon rivage au loin mugit.
Les Oréades taciturnes
Cherchent les antres des deſerts,
Et les Hyades, dans les airs,
Ont renverſé leurs froides urnes.
Vents, triomphez en liberté,
Allez dépouiller la nature
Des vains titres de ſa fierté :
Que ſert un reſte de parure,
Quand on a perdu la beauté ?
Diſperſez ces feuilles ſéchées,
Dévorez ces plantes couchées,
Qui n'oſent regarder les Cieux.
Et toi, les délices du monde,
Toi, qui plaiſois à tous les yeux,
Saiſon ſi belle & ſi féconde,
Automne, reçois mes adieux.

LES

QUATRE SAISONS,

POËME.

L'HIVER.

CHANT QUATRIÉME.

LES vents ravagent nos prairies,
Tout meurt dans nos champs désolés ;
Et de nos humbles Bergeries
Les fondemens sont ébranlés.

Déja les Graces immortelles
Rentrent dans nos froides maisons ;
L'Amour vient réchauffer ses ailes
Au feu mourant de nos tisons :
Content de régir nos Villages,
Et d'enchaîner nos libertés,
Il laisse à ses Freres volages
L'empire bruyant des Cités.
Foibles esclaves de Cythere,
Fuyez nos plaisirs innocens ;
Dérobez-vous aux traits perçans
Que lance le noir Sagittaire.
Le régne de l'art imposteur
Commence où la nature expire ;
Volez dans ce monde enchanteur,
Où le luxe tient son empire.
La nouvelle Persépolis
Vous ouvre ses portes dorées ;
Chassez de vos cœurs amollis
Les vertus aux champs adorées ;
Et changez en vices polis
Nos mœurs à la Cour ignorées.

Pour nous, que la paix & les ris
Enchaînent sous ces toîts rustiques,
Autour de nos foyers gothiques,

Nous allons oublier Paris,
Et vos plaiſirs Aſiatiques :
Croyez qu'au fond de nos châteaux,
La joie invente auſſi des fêtes ;
Malgré les torrens du Verſeau,
Le ſouffle glacé des tempêtes
Epargne les myrtes nouveaux
Dont les plaiſirs parent nos têtes.
Ce n'eſt pas à la Cour des Rois
Qu'habite la paiſible Aſtrée ;
Il faut que l'ame, quelquefois
Au ſein du tumulte enivrée,
Revienne, dans le fond des bois,
Trouver ſa raiſon égarée.
Malheureux qui craint de rentrer
Dans la retraite de ſon ame ;
Le cœur qui cherche à s'ignorer,
Redoute un cenſeur qui le blâme.
Peut-on ſe fuir & s'eſtimer ?
On n'évite point ce qu'on aime :
Qui n'oſe vivre avec ſoi-même,
A perdu le droit de s'aimer.
Pourquoi déſerter nos campagnes,
Quand les ſauvages aquilons
Chaſſent, du ſommet des montagnes,

La pauvreté dans nos vallons.
L'aſpect des miſeres humaines
Eſt plus touchant qu'il n'eſt affreux :
Craint-on de voir les malheureux,
Quand on veut ſoulager leurs peines ?
Le front du riche s'obſcurcit,
Et l'aſpect du malheur le bleſſe :
Dans le ſéjour de la molleſſe
Le cœur ſe ferme & s'endurcit.
Trop fiere de ſes avantages,
La Ville détourne les yeux
Du ſombre tableau des Villages,
Dont les toîts, couverts de feuillages,
S'ouvrent aux injures des Cieux.
Tranquille ſous un dais ſuperbe,
A la clarté de cent flambeaux,
On ne voit point, dans nos hameaux,
La pauvreté diſputer l'herbe
Aux plus féroces animaux.
Auprès d'un foyer magnifique,
On bénit le farouche Hiver,
Qui, dans un ſalon pacifique,
Reſpecte la douceur de l'air.
On croit que la miſanthropie
Aigrit les maux qu'on ne ſent pas ;

Ainſi le luxe, dans ſes bras,
Engourdit notre ame aſſoupie.
Honteux d'aimer, fiers d'être ingrats,
Dans des intrigues puériles
Nous épuiſons nos cœurs ſtériles;
Moins ſenſibles que délicats,
Le dégoût nous rend difficiles,
Impatiens & bientôt las:
Nous traînons nos jours inutiles,
Nous rêvons, nous ne vivons pas.
Loin de moi le triſte ſyſtême
De cenſurer d'heureux loiſirs;
C'eſt en faveur du plaiſir même
Que je condamne nos plaiſirs.
Il n'eſt point d'Hiver pour le Sage,
La terre, qu'Éole ravage,
Plaît encor dans ſa nudité;
Les monts, entourés d'un nuage,
Impoſent par leur majeſté;
L'aſpect de Neptune irrité,
Frappant en fureur ſon rivage,
Répand ſur tout ſon payſage
L'ame, la vie & la fierté;
Et la campagne, plus ſauvage,
Ne perd pas toute ſa beauté.

Malgré l'effroyable peinture
Du désordre des Élémens,
L'Hiver lui-même a des momens;
Les ruines de la Nature
Plaisent encore à ses amans.
Nos hameaux auroient plus de charmes,
S'ils étoient moins inhabités,
Et s'ils n'arrosoient de leurs larmes
Les biens qu'absorbent les Cités.
La Terre, en esclave servile,
S'épuisera-t'elle à jamais
En faveur d'une ingrate Ville
Qui change en tributs nos bienfaits?
Enrichis des biens qu'ils moissonnent,
Si nos Laboureurs, qui frissonnent
Sous leurs toits de chaume couverts,
Jouissoient, du moins les Hivers,
De l'abondance qu'ils nous donnent;
Si le fleuve de nos trésors,
Long-temps égaré dans sa course,
Remontoit enfin dans sa source
Pour enrichir ses premiers bords:
Alors la misere effrayante,
Dont la main foible & suppliante
Implore un secours refusé,

Béniroit l'image riante
De notre luxe humanifé.
Le cours de nos deftins profperes,
En répandant notre bonheur
Sur l'héritage de nos Peres,
Sauveroit la vie & l'honneur
Aux Efclaves involontaires,
Que le fer fanglant du Vainqueur,
Ou que la baffeffe du cœur
Rendit jadis nos tributaires.
Tout malheureux eft avili;
Chaffez l'indigence importune,
Et le Village eft ennobli;
La gloire y fuivra la fortune,
J'y vois fon culte rétabli.

Ranimons les Arts de Cybelle,
Forçons la pareffe rébelle
A furmonter la pauvreté;
En rendant la terre plus belle,
Augmentons fa fécondité.
Déja, fur la neige endurcie,
L'Hiver commence fes travaux;
Déja la tête des ormeaux
Tombe fous les dents de la fcie.

Le bruit redoublé des marteaux
Retentit au pied des montagnes,
Et le plus groſſier des métaux
Devient le tréſor des Campagnes.
Le fer recourbé de Cérès
S'aiguiſe ſur la meule agile;
La chaſſe diſpoſe ſes rêts,
La fournaiſe épure l'argile,
Vulcain change en verre fragile
La fougere de nos forêts;
Les jeux & les travaux s'allient;
Pour former nos ſimples tapis,
La paille & le jonc ſe marient;
Nos vœux, nos beſoins, qui varient,
Réveillent les Arts aſſoupis.
L'ennui, ce tyran domeſtique,
Dans nos hameaux eſt ignoré:
Ici le Paſteur déſœuvré
Façonne ſon ſceptre ruſtique;
Ici le chanvre préparé
Tourne autour du fuſeau gothique,
Et ſur un banc mal aſſuré,
La Bergere la plus antique
Chante la mort du Balafré,
D'une voix plaintive & tragique.

O! que

O! que ces objets innocens
Ont de droits ſur l'ame d'un Sage!
La campagne la plus ſauvage
Porte le calme dans nos ſens.

Les loix de la Philoſophie
Naiſſent du principe du goût;
Ce qu'on aime on le déifie,
Et l'on peut être heureux par-tout.
Le charme ſeul de l'habitude
Me fait vanter la ſolitude;
Jadis l'Hiver, loin de Paris,
Effrayoit ma folle jeuneſſe,
Je croyois, dans nos champs flétris,
Voir les rides de la vieilleſſe;
Ces bois blanchis par les frimats,
Où j'entretiens ma rêverie,
Ce fleuve, dont l'onde chérie
Ranime nos ſombres climats,
Qui, pour embraſſer la prairie,
Ouvre, étend & courbe ſes bras:
Ces lieux, pour moi remplis d'appas,
Étoient jadis la Sibérie;
Juſques dans l'ombre des deſerts,

Le bruit séduisant des théâtres
Venoit étouffer les concerts
De nos Villageoises folâtres.
Le luxe, environné des Arts,
Roi d'une Ville singuliere,
Changeoit le Village en chaumiere,
Et présentoit à mes regards
Nos bons & naïfs Campagnards
Marqués du crayon de Moliere.
Je regrettois la liberté
D'un spectacle aimable & fantasque,
Où l'on prodigue sous le masque
Le mensonge & la vérité ;
L'asyle élégant & champêtre,
Où deux amans sont renfermés,
Moins par le plaisir d'être aimés
Que par l'orgueil de le paroître ;
Ces longs soupers où l'on redit
Toute l'histoire de la veille,
Où l'enjouement se réfroidit,
Si la Satyre ne l'éveille ;
Où le Vaudeville fatal
Est modulé par les Orphées,
Où le vin, versé par les Fées,

Coule dans l'or & le criſtal :
Enfin le tumulte & l'orgie ,
Vénus & ſes Temples ouverts ,
L'image des Arts réfléchie
Sur les glaces de nos deſſerts :
Tout , au ſéjour de ſa licence ,
Appelloit mon cœur égaré ;
La Ville avoit défiguré
L'heureux ſéjour de l'innocence.

Aujourd'hui que l'âge a mûri
Les conſeils de l'expérience ,
Que mon cœur enfin s'eſt guéri
Des fougues de l'impatience ,
L'Hiver n'eſt plus ſi rigoureux ;
Le deſert remplace la Ville :
Où je crois vivre plus tranquille ,
Là je m'eſtime plus heureux.
Nos donjons , nos tours délabrées ,
Monumens antiques des Goths ,
Sont moins affreux que les Magots
Dont nos maiſons ſont décorées ;
Sans aimer la groſſiereté
De nos Ayeux encor barbares ,
Leur aimable naïveté

M'attache à leurs travaux bizarres;
Le Chevalier, le Paladin
Viennent remplir mes rêveries,
Et je lis dans leurs armoiries
Les guerres du grand Saladin:
Leurs tournois, leurs galanteries
Empreints ſur un marbre groſſier,
Revivent dans ces galeries
Où l'Amour, tout couvert d'acier,
Au lieu de guirlandes fleuries,
Orne ſa tête de laurier.
Un amas de lances rompues
Eſt le tréſor de ce château;
Les haches-d'armes, les maſſues,
Les arcs s'élèvent en monceau;
Dans cette tour mal réparée,
Quel objet frappe mes regards?
De fer la muraille entourée,
Des Pigeons perchés ſur des dards;
La Colombe de Cythérée
Y boit dans le caſque de Mars.

Par-tout le flambeau de l'Hiſtoire
Eclaire à mes yeux le paſſé.
J'apprends au livre de mémoire,

Livre utile & preſque effacé,
Que l'homme a toujours mal placé
Le temple où préſide la gloire.
Le tableau de l'antiquité
Séduit par ſa douce impoſture;
Mais aux yeux de la vérité,
Le vieux temps n'eſt beau qu'en peinture :
Le chalumeau des Troubadours,
Le luth du bon Roi de Navarre,
N'égaloit pas l'humble guittarre
Des moindres Chantres de nos jours.
Ami de nos Ayeux célébres,
Je ne veux point reſſuſciter
Leurs ſiécles couverts de ténébres,
Qu'un jour plus pur vient d'écarter.
Quelle ame inhumaine & groſſiere,
De notre ignorance premiere
Regrette les temps révolus?
L'erreur eſt un malheur de plus :
Moins notre eſprit a de lumiere,
Moins il éclaire nos vertus.
Dois-je imputer à la culture
Ces ronces, ces chardons épars,
Qui dévorent la nourriture

Des bleds naissans de toutes parts ?
Loin de moi semblable imposture,
Les Arts fécondent la Nature,
Nos vices corrompent les Arts.

Telles sont les sages pensées
Dont j'aime à nourrir ma raison,
Tandis que les neiges pressées
Couvrent le toît de ma maison.
Seul, & souvent heureux de l'être,
Je me fais un utile jeu
De voir consumer par le feu
Le tronc vénérable d'un hêtre.
Cet arbre sembloit au Printemps
Régner sur tout le paysage,
La mousse & la rouille du temps
Déceloient seules son grand âge :
Ses rameaux penchés à l'entour
Formoient un temple pour les graces,
A son pied l'on voyoit les traces
Qu'imprimoient les pas de l'Amour.
Cent ans il repoussa la guerre
Des aquilons impétueux,
Inébranlable & fastueux,

Il fouloit le ſein de la terre :
Son front brûlé par le tonnerre
En étoit plus majeſtueux.
Quels Dieux ont cauſé ſa ruine ?
Un Bucheron foible & courbé
A frappé l'arbre en ſa racine,
Le Roi des forêts eſt tombé.

Aidé d'une ſombre lanterne,
Le ſoir je dirige mes pas
Vers l'antique & vaſte caverne
Où le Neſtor de ces climats
Raſſemble, police & gouverne
Tous les Bergers de ces Etats;
Dans cette grotte mal taillée,
La Sœur aimable de l'Amour
Appelle ſur la fin du jour
Nos Bergeres à la veillée.
L'Amant d'Io, débarraſſé
Du ſoin de ſillonner la plaine,
Y réchauffe de ſon haleine
Philemon que l'âge a glacé,
Liſette & le jeune Philene.
Des arbres, en cercle arrondis,
Forment le ruſtique théâtre

Où la Villageoiſe & le Pâtre
S'aiment comme on aimoit jadis.
Une lampe à triple lumiere,
Que l'air agite & fait pencher,
Découvre à l'aſſemblée entiere
La profondeur de ce rocher.
C'eſt-là que les longues ſoirées
S'écoulent comme des momens;
Nos fêtes dans ces lieux charmans
Naiſſent ſans être préparées;
La Romance, le Fablio
Nous content leurs douces ſornettes:
Ici les faſtes de Clio
Sont des recueils de chanſonnettes;
Ici l'on tient la Cour d'Amour,
Si redoutable aux infidelles,
Où l'on couronne tour-à-tour
Les plus galans & les plus belles,
Où les ingrats & les cruelles
Sont condamnés le même jour.
Ici l'accuſé doit répondre,
Le Juge ordonne, on obéit;
Chaque amante a droit de confondre
Le perfide qui la trahit.

Un ſoir dans ce Sénat champêtre,
Eglé, Bergere de vingt ans,
Nous dit qu'elle ſçauroit peut-être
Une hiſtoire de ſon printems.
Alors toute la troupe émue
Se rapproche pour écouter,
Le ſeul Myſis baiſſoit la vue,
Eglé commença de conter.
Une Bergere aſſez jolie
Donna ſon chien à ſon vainqueur;
Quand elle eut fait cette folie,
Il fallut bien donner ſon cœur.
En aimant on ſe croit aimée,
Comment ne l'eût-elle pas cru?
Le pouvoir qui l'avoit charmée
A chaque inſtant s'étoit accru;
Plus ſa foibleſſe étoit extrême,
Plus l'Amant devint impoſteur;
Hélas! comment croire menteur
Un Berger qui dit je vous aime?
Un cœur ſincere ne craint rien,
Mais cette aſſurance eſt fatale:
La Bergere apperçut ſon chien
Sur les genoux de ſa Rivale.

Le voile alors se déchira,
Tout fut changé dans la Nature :
L'Amour, le temps, rien ne pourra
Guérir sa profonde blessure ;
Je la connois, elle en mourra.
A ces mots Eglé fond en larmes,
Et Mysis tombe à ses genoux ;
Quoi ! dit-il, j'ai bravé vos charmes,
Mon cœur s'est éloigné de vous ?
Le supplice est égal au crime ;
J'étois aimé, je suis haï ;
Je vivrai, je mourrai victime
De mon amour que j'ai trahi. . . .
Mon cher Mysis, Eglé t'adore,
Jamais tu ne fus condamné ;
Si ma fierté t'accuse encore,
Mon cœur t'a déja pardonné :
Elle dit, sa voix affoiblie
Expire, & Mysis à ses pieds,
Les yeux dans les larmes noyés,
Déteste un crime qu'elle oublie.
Alors un murmure flatteur
Célébre ce retour si rare ;
Les maux dont l'Amour est l'auteur

Deviennent, quand il les répare,
La ſource de notre bonheur.
Ainſi la plus ſombre journée
Peut s'écouler dans le plaiſir ;
L'art d'adoucir ſa deſtinée
Eſt l'art d'occuper ſon loiſir.
Le Sauvage de la Norwege,
Cet Automate fainéant,
Voiſin des montagnes de neige
Qui le ſéparent du néant,
Dans nos plus triſtes ſolitudes,
Croiroit voir l'Iſle des Amours ;
Les nuits que nous trouvons ſi rudes,
Seroient pour lui les plus beaux jours.
Jouiſſons de nos avantages,
Quittons en foule nos Villages,
Le vent ſe leve à l'Orient,
Et le Ciel vainqueur des orages,
Nous montre un viſage riant.
L'Hiver, plus vif & moins à craindre,
A levé ſon voile odieux ;
La terre ceſſe d'être à plaindre,
Quand le Soleil brille à ſes yeux :
Déja les neiges des montagnes

Resplendiſſent de tous côtés,
La robe blanche des Campagnes
Etale ſes plis argentés ;
La goutte d'eau, que l'air épure,
Se change en perle en ſe formant,
L'Hiver dans toute ſa parure
Nous montre ſa riche ceinture ;
Et des chaînes de diamant
Semblent reſſerrer la Nature.
Fleuve, dont le cours inégal
Arroſe nos plaines fécondes,
Sous une voûte de criſtal,
Borée, empriſonne tes ondes ;
Nos Villageoiſes vagabondes,
Oſent parcourir ton canal.
Et toi, montagne infortunée,
Séjour éternel des Hivers,
Où la Nature abandonnée
Régne ſur des tombeaux ouverts ;
Dans tes cavernes effroyables,
Dans tes abîmes ſi profonds,
Que la faim rend impitoyables,
Courons tandis que le jour luit,
Attaquer les monſtres ſauvages,

Qui dans les ombres de la nuit
Exercent leurs cruels ravages.
Frappons ces lions dévorans,
Ces ours destructeurs de la terre;
Que la chasse ainsi que la guerre,
Nous arment contre nos tyrans:
Défendons nos hameaux tranquilles,
Sauvons nos Bergers & nos biens,
Et que nos plaisirs soient utiles
Au repos de nos Citoyens.
La santé, de fleurs couronnée,
Naîtra de ces légers travaux;
Et nous verrons avec l'année
Eclorre des plaisirs nouveaux.
Bientôt cette chaleur puissante
Qui ressuscite l'Univers,
Bientôt la séve renaissante
Fondra la glace des Hivers.
Ces esprits qui peuplent l'Averne,
Ces vents enfantés par le Nord,
S'endormiront dans la caverne,
Où régne Borée & la Mort:
La beauté, la force, la vie
Rendront à la terre ravie

Et ſes tréſors & ſes couleurs ;
La peine du plaiſir ſuivie ;
Se repoſera ſur les fleurs.

» Délices de la double Cime ,
» Toi , dont les vers mélodieux
» Rendirent Euterpe ſublime ,
» Et les hameaux dignes des Dieux ,
» VIRGILE , reçois mon hommage ;
» Ma Muſe au pied de ton autel ,
» Dépoſe , en tremblant , un ouvrage
» Que ton nom peut rendre immortel.

FIN.

www.ingramcontent.com/pod-product-compliance
Ingram Content Group UK Ltd.
Pitfield, Milton Keynes, MK11 3LW, UK
UKHW031938260826
14628UKWH00004B/1701

9 782013 090902